KB069759

고요한 세계에 독백을 남길 때

고요한 세계에
독백을 남길 때

**1판 2쇄 발행** 2019. 01. 20
**2판 1쇄 발행** 2023. 09. 03
**지은이** 가랑비메이커
**편집 | 디자인** 고애라
**발행처** 문장과장면들 (979-11) 966454
**등록** 2019년 02월 21일 (제25100-2019-000005호)
**팩스** 0504) 314-0120
**이메일** sentenceandscenes@gmail.com
**인스타그램** instagram.com/sentenceandscenes

세상에 작은 빛을 전하기 위해 책을 만듭니다.
**문장과장면들**은 우리가 이야기하는 방식입니다.

# 고요한 세계에
# 독백을 남길 때

가랑비메이커 고백집

**문장과장면들**

방충제만 같은 사람,이 되고 싶어졌다.
종라층 사이미 흥어져
힘어 움을 므그 , 다시 모으고 뼈눌수있는
그런, 버릴공간 같은 사람이 되고싶어졌다.
가끔은 서둘러 제걸음 가는 이들 사이기어
열어져 — 가만히 두 발을 멈추고
생각할 틈을, 얻을수 있었으면 좋겠다.
특별할 건 없어요 —,
'아, 살겠다'싶은 틈이 된다.
2017. 12. 16(토) 늦은 8시 31분

2019.04.19

올려다보다실 어쩔 수 없는 것들은 그냥 두기.
믿어버지도 당겨버지도 못한 시간들, 고름을,
사랑에 그러서 쓸 수 없는 지운 사람들을,
억전이 불쑥 나를 찾아다, 억시넘기는
희미한 기억들, 작은 응낭들 ——

여러 경로를 통해 —
나이 되어되고 쌓여온 문장들을
만나주고 있는 오늘의 얼굴들 만날때면
여전히 처음처럼, 놀랍고 기쁘다.
글을 쓰는 일은 철저히 혼자인데
책을 내는 일은, 함께 하는 일이다.
나의 글은 문장들에 호흡해주는,
오늘의 다정한 당신들에게 —
그런, 애정을 담아서 다음페이지를
써내려갈 생각입니다.

당신의 인디, 1나루비
2018.04.23

백연의 격동이 그때 해뜨넘으로 끝내야만
항상들이 되는건 ───,
그사이에 죽지 않아 울것인지
이를 악물고 다시 살아날것인지
나의 선택에 알려있다.

## 스물여덟의 겨울, ─ 그녁
한 층 더 나쳐온 마음으로, 퐁닥!

"

때때로, 내가 아는 나보다 훨씬 더 관대한
사람으로 나를 기억해주는 사람들이 있다.
내가 흔들릴 자람올때에는, 그런 사람들과
어울리는게 좋았다. 흩한 위사여주를 주렁주렁 달아주는
사람들 틈바비 속에서, 초라하고 볼것 없는
촉을 짤박, 잃어버리는게 훨씬이라고 생각했다.
그런데 이제는, 그 모든 가면훔이나 시시 해졌다.
울고 있는 촉에서는 뭉뚱은 콩덩이가 계속 차라나는데
보송한 위손을 굳는 단게 환허멌다.
이제는, 눈물 촉일 수 없어서, 가아니라
촉이고 싶지 않다. 그게 짤박 좋은 이라도.
엉엉 거절 받는 나라도, 이제는 ─ 벗버벗고 싶다.

"

우물처럼 깊은 고민

종잇장처럼 가벼운 한숨


이곳은,

소란하고도 고요한 세계

# 초대장

무심한 듯 써낸 몇 줄의 문장 뒤에는
숱한 고민과 긴장이 숨어있다.
무심코 들춰진 페이지가
당신의 시선을 묶어둘 수 있을까,
깊은 의심이 자리하고 있다.

빽빽한 원고 뭉치를 솎아내며
느꼈던 환희와 절망,
그 사이를 여행하듯 찾아와줄
당신을 기다리며
백기 던지듯 전하는 초대장.


| 고요한 세계에서, 당신에게

# 1 | 허밍 humming

## 2 | 독백 monologue

# 3 | 나레이션 narration

스치지 않고 곁에 머문다면
알아차릴 수 있을 만큼
희미한, 음성으로

허밍

humming

# 남겨진 흔적


잔과 그릇에 남겨진 흔적만으로도
담겼던 음식을 짐작할 수 있는 것처럼
몇 가지 흔적만으로도
그가 지나온 사랑의 온도를
계절의 냄새를 맡을 수 있다.
한결같은 어조와 습관적으로 뱉는 단어,
걸을 때마다 풍겨오는 잔향이
오래된 성향과 취향을 싣고 오는 것처럼.


사람에게 쌓이는 흔적은 거품을 잔뜩
묻혀 씻어버릴 수 있는 것이 아니라
누구도 완벽히 속여 낼 수가 없다.
새 흔적으로 지난 흔적을 덮을 뿐이다.

켜켜이 쌓이는 흔적들로 인해

우리는 날마다 새로운 우리가 된다.

오늘의 나는 어제와는 다른

흔적들을 얼마나 남겼을까.

## 맺지 않은 이야기 1

작은 화면 속 밝게 웃는 이들의 삶에는
어떠한 굴곡도 구김도 없으며,
영영히 그러하리란 판단은 편협하다.
완연한 봄날의 거리만을 거닐고서는
사계절의 바람을 맞을 수 없다.

하루는 24시간을 채워보아야 아는 일.
일 년은 사계절을 꼬박 걸어봐야 아는 일.
인생은 빛과 그림자 모두를 밟아보아야만
비로소 아는 일이다.

## 대화

꾹 다문 입을 열 때,
비로소 작은 세계를 품고
굳게 닫혔던 문이 열린다.

깊이 삼켰던 생각을 토해내게 한다.
실체 없던 감정이 보이기 시작한다.
독백 아닌 대화는 묵은 먼지가 뒹굴던
탁한 마음을 환기시킨다.
홀로 내젓던 고개를 바로 고정시킨다.
차갑지도 뜨겁지도 않은 표정으로
거울 속의 나를 마주하게 한다.
타인을 이해했다, 감히 자신했던
어제를 돌아보게 한다.

가슴 속에 맴돌던 이야기를 삼키는 게
어른이 되는 일이라고 생각했는데
어른이 되어보니 아니다.

일그러진 마음까지도 꺼낼 용기를 낼 때
변덕스러운 파동을 마주할 수 있을 때
비로소 한 뼘 더 자랄 수 있지 않을까.
여전히 미완의 오늘이겠으나.

# 언제나 처음


짐을 꾸리고 푸는 것이 삶이라면
떠나는 이가 느끼는 불안과
남겨진 이가 견디는 허전함의 무게는
같을까?


여전히 궁금한 것들이 많다.
세상은 여전히 물음표투성이다.
세월에 등 떠밀려 백기를 던지듯
몇 개의 느낌표를 던져보지만
그마저도 변덕스럽게 뒤바뀌기 일쑤이다.


세상은 여전히 어렵고
내게는 나라는 존재 역시 쉽지만은 않다.

매순간 새롭게 마주하는 나는
내게도 처음이니까.

빤히 바라보는 거울 속의 아이가
때때로 서글프고 이따금 낯설지만
더할 나위 없이 의지가 되기도 한다.
여전히 변덕이다.

## 애쓸 필요 없다


배우에게는 한 명의 관객이,
뮤지션에게는 한 명의 청중이,
작가에게는 한 명의 독자가
절실하며 큰 버팀목이 된다.


흩어지는 많은 이야기보다
한 번의 시선과 손길이 더 무겁다.
매일 허공에서 허우적대지만,
당신의 시선이 머물 때
나는 무겁게 가라앉고
비로소 땅을 딛고 설 수 있다.

한 줄의 문장을 붙들고 끙끙대는 나에게
언제나 "잘 될 거야." 말하면서
단 한 페이지도 읽어준 적 없는 사람들.
작은 방 안에 갇힌 채 야위어가던 나를
더는 궁금해하지 않던 당신의 미소.
모르겠다, 이제는.

블라블라.

여전히 허공에 흩어질 이야기들만
흘리는 이들이 가엾다.
애써, 애쓸 필요 없는 우리인데.

안녕!

# 거울

　당신이 나를 향해 품고 있는 건 날카로운 빛인데 내 품 속에 숨겨진 것이 달콤한 사과일 거라는 기대는 어디서부터 시작되는 것일까.
　오만은 그리 멀지 않은 곳에 있다.
당신에게 거울이 될게요, 말은 다정하지만은 않다. 웃지 않는 이 앞에 먼저 웃음 짓는 거울은 없다.

# 풍선

누군가 말했다.
몸을 부풀리는 것들은
두려움이 큰 존재들이라고.
그때 나는 생각했다.

우리는 날마다 부풀어가지만
작은 바람에도 쉽게 휘날리는
가벼운 존재가 되어가는 걸까.

작은 마찰에도 단 한 번의 저항 없이
퍽, 하고 터지고 마는 존재들이.
여전히 누구에게도 고백하지 못했지만.

# 베란다 청소


좀처럼 볕 들지 않는 마음이라 여겼는데
묵은 짐들을 이리저리 옮겨내고
쓸고 닦으니 틈이 생겼다.
오래된 기억들과 캄캄한 감정들만
들어차있던 나에게도 새 자리가 생겼다.
시간이 흐르면서 그 작은 공간에
조금씩 햇살이 스미는 것을 느꼈다.

그래,
내게도 분명 밝은 구석이 있었는데.
오래 잊고 있었다.

창밖의 계절이 옷을 갈아입을 때
숨기고 싶은 비밀이 생길 때
이제 더는 웅크리지 않기로 했다.
그 대신 빗자루를 들기로 했다.

베란다 청소를 하듯 마음의 창을 열고
빈 박스를 채워서 나르다보면
긴 시간 먼지 쌓인 기억들도
새하얀 바람을 타고
조금씩 사라질 테니까.

## 운동장을 돌며 너를 기다렸다

기다리는 일은 늘 분주하다.
작은 소리에 반응하는 귀와
그에 따라 쉼 없이 돌아가는 고개.
어색하게 올라갔다 내려오는 입꼬리.
태연한 척 가다듬는 옷매무새.

마침내 거리를 좁혀 오는
당신의 걸음을 따라 요동치는 심장까지.

그러니까 당신,
가만히 앉아 기다리는 일에
진이 빠졌다며 나무라지 말아요.

제자리에 앉아서 아무도 모르게

운동장을 돌고 있던 나란 말이에요.

# 드라마

드러나는 취향
서성이는 거울 앞
그리운 사람들의 기억
괜찮은 핑계
잘 익은 관계

한마디로 드라마

한 계절쯤은
주인공이고 싶어지는 계절

가을, 드라마

# 벨이 울릴 때

딩동--,

벨을 울리며 찾아오는 얼굴들을

그냥 돌려 보내지 않으려고 한다.

숨죽인 채 모른 척 지나치다 보면

그 언젠가에는 누구도 나에게

문을 두드리지 않을지도 모른다.


오늘의 방문객을 향해

문을 활짝 열어두고 싶다.

## 초여름 일기

아무튼, 올여름을 좋아해 보기로 했다.
시간과 마음을 적당히 놓치고 붙잡으며
다시 오지 않을 젊음의 순간을
남겨보아야지.

누군가 봐주지 않으면 어떤가.
그저 이다음의 나에게
나, 주어진 삶을 게을리 살지 않았음을
증명할 수 있을 만큼만
이 계절을 낭비해야지.

# 발견

서로에게 새 이름을 붙여주던 날.
달력의 숫자가 까맣게 번질 때까지
원을 그리고 또 그렸다.
그 위에 써두었던 두 글자, 발견.
발견이었다.

우리가 최초의 눈빛을 주고받던 순간,
무채색의 삶이 일순간 보석처럼 반짝였다.
모래알 같은 수많은 사람들을 헤집고
용기를 내어 붙잡은 두 손은
이전과는 다른 세계로 서로를 인도했다.

사막 같은 세상에서 너는 나에게
느리지만 충실하게 움직이던 나침판.
나는 너의 마른 목을 축이는 한 모금의 물.
나아가고 쉬어갈 틈이 되어주는
더할 나위 없는 완벽한 발견이었다.

그러나 시간은 욕심을 쥐여주며
새하얗던 마음에 먹을 뿌렸고
그대로 충분했던 서로에게
새로운 것을 찾아 뒤적였다.

마침내 발견이 아닌 발명에 목을 맸다.
무언가 덜어내야 했고 더해야만 했다.
반복되는 실험에 남겨진 건
빛을 잃어버린 우리였다.

보석 같던 최초의 발견은
가벼운 전설처럼 남겨졌다.


그마저도 후,
가벼운 한숨에 모래처럼 흩어져 버렸다.
겨우 한 줌의 기억만이 남겨진 자리에
나는 손가락을 쭉 펴고 글자를 새겼다.


'발명이 아닌 발견만이 위대한 사랑.'

## 지금, 안녕의 온도

'지금까지'라는
서글픈 전제 뒤로 이어지는
다정한 말에는 조금의 따스함도
일말의 희망도 느낄 수 없다.
유효기간이 만료된 사랑과 우정이여
마침내 멀어져 갈 것들이여, 안녕.

'지금부터'라는
예고에는 언제나 촉각이 곤두선다.
이제까지 어떤 슬픔과 괴롬을 입었는지
상관하지 않고 새롭게 시작될 시대를
환영하는 마음으로, 안녕.

'까지'라는 닫힌 문과
'부터'라는 열린 문 앞에서
전혀 다른 마음으로 지금에 선다.
서로 다른 온도의 안녕을 전한다.

끝없이 이어지는 선을 잘게 쪼개면
무수한 지금이 있다.
그 위에서 우리는 무수한 끝을 맺고
매순간 시작한다.

지금, 여기까지
지금, 여기부터

얼마나 많은 헤어짐과 만남이
지금의 우리를 스쳐가고 있는지.
우리는 영영 알지 못한다.

# 버려야 할 때


허공에 새기던 글자를 옮겨 적고 싶어서
펜을 쥐었다가도 내려놓기를 반복했던 건
패잔병처럼 남겨진 이름들 때문이었다.

언젠가 작은 가슴에 새겨졌던 이름들은
애매한 흔적만이 남아서
제대로 읽을 수조차 없지만
먼지 같은 점, 선은
여전히 부유하는 중이다.

흔적에 흔적을 더하는 외로운 습관은
승객 없는 기차놀이, 술래 없는 꼬리잡기.
누구도 멈춰주지 않는다.

그러나 이제는 버려야 할 때
남겨진 흔적을 힘주어 뜯어내고
새 도화지를 펼쳐야 할 때

주인 없이 남겨진
자음과 모음을 밀어내고
슬며시 다가온 하나의 이름을
선명하게 새겨놓아야 할 때다.

# 세월의 근육

균형이 잘 잡힌 아름다운 근육도 좋지만
어쩐지 마음이 가는 것은
어딘가 부족해 보이는 미완의 근육들.

잘 짜인 식단과 쾌적한 공간에서
완성된 트레이너의 작품보다는
삶을 이루는 수많은 과정과 함께
긴 시간 훈련된 인고의 작품이 값지다.

켜켜이 쌓인 세월의 무게를 지탱하며
역동하는 당신이 아름답다.

그 누구도 감히 흉내 낼 수 없는

그 세월의 근육,

어떠한 유혹에도 무너지지 않을 견고함.

# 숨을 쉬며 살자


이 작은 페이지 안에,
매일 같이 가꾸는 네모반듯한 공간에
나의 삶, 존재의 가치를
전부 구겨 넣을 수 없는 법.


하는 일의 모양과 내뱉는 말들은
존재의 실상이 아닌 단서에 불과하다.


그럼에도 오늘도 나는 오해 받으며
이따금 그 오해를 이해라고 믿으며
살아가겠지.

이해보다 쉬운 오해에 기대어
내 자신을 숨기고 싶어질 때도 있을 거다.
그 편이 조금 덜 외로운 일이라 착각하며.

그럼에도 불구하고
이따금 사무치는 외로움이 찾아올 때면
맨얼굴로 이를 훤히 드러내며
웃어보일 수 있을 사람을 만나고 싶다.

# 늦어름 일기

이렇게 또 한 계절이 그림자 하나
남겨주지 않고서 사라진다.

새 계절이 찾아오면
우리는 무겁게 늙어갈까, 깊게 익어갈까.

# 우리는 서로를 모르고

종점역에 닿은 열차는
신경질적으로 멈춰버렸고
피로한 얼굴들이 채 쏟아져 나오기도 전
성급하게 불이 꺼졌다.

다닥다닥 발을 붙이며 사라지는 걸음들이
오늘, 어느 벌판을 누볐는지 나는 모른다.

환승역에 멈춰 서서
창백한 얼굴로 문장을 잇는
내가 어떤 하루와 이별하고 있는지를
당신들이 모르는 것처럼.

# 신호대기

사람마다 보폭도 걸음의 방향도
발자국의 깊이도 다르다.
잠시 같은 길에 멈춰 서 있을 뿐이다.

언제 어느 곳에서
우리가 다시 마주하게 될지는
누구도 모른다.

## 소리내지 않으면

자주 넘어지면서 알게 된 사실 하나.
소리 내지 않으면 아무 일도 없었던 듯
지나갈 수 있다는 것.

빽-하고 비명을 지르지 않고
차분히 털고 일어선다면
누구도 유난스럽게
나를 일으켜 주지도 않으며
머쓱한 웃음을 지어보일 필요도 없다는 것.

새롭게 안 사실 하나 더.

비명을 삼키며 소리 내지 않으면,

부끄럽다고 아픈 표정을 숨기면

그 누구의 부축도 받을 수 없다는 것.


짙게 남겨진 멍이 다시 아물 때까지

태연한 모습으로 일관해야 할 책임이

내게도 남겨진다는 것.

## 무음 모드


바다 같을 수는 없어도
접시 물만 한 마음은 아니라고 믿었는데
어느 순간, 간장 종지만 해진 마음을
발견할 때가 있다.

다정한 위로와 투명한 축하의 말들이
바닥이 나서 악 소리도 나지 않을 때.
누구도 시킨 적 없는 일이었는데
내게 넘치는 것을 조금 나눠준 것이라
생각했는데 별안간 서러워지는 마음.

그런 날에는 종일 무음모드.

쉴 틈 없이 울려대는 전화벨과
초인종에도 묵묵부답.

작은 방 안에 담겨 가만히 거울을 본다.
이 순간, 눈앞의 당신이 행복했으면
좋겠다고 생각한다.
노트를 펼친다.

나, 지금의 내가 가장 애틋하다고
작은 글씨로 비밀스럽게 고백한다.

# 응답

날고 싶던 꿈이 부유하는 현실이 되었을 때
어젯밤의 기도를 의심하였다.
고요한 허공, 돌아오지 않는 메아리 끝에
조금씩 커져가는 그림자를 만났을 때
나는 확신하였다.

우리가 두 손을 맞잡고서
마침내 착지하게 될 그 순간을,
작은 바람에도 정처 없이 휘날리던
우리가 비로소 이뤄낼 묵직한 위로를.

무릎으로 보낸 숱한 새벽의 응답을
이제, 다시는 의심하지 않는다.

# 무르익는 세계

변함없이 돌아오는 계절 가운데
사라진 것은 남겨진 것보다도 무겁지만
여전히 붙잡으려 애쓰는 마음도,
모르게 스르륵 놓쳐버린 것도 고맙다.

좋아하는 노랫말처럼
잊을 수 있다는 건 축복인지도 모르니까.

잊어야 한다는 마음 없이 잊어가는 것과
힘주지 않아도 놓쳐지지 않는 것들이
계절 끝에 남겨진 우리의 성적표.
애쓰지 않아도 우리의 세계는
무궁하게 변화하며 자라난다.

우연히 열어본 서랍 속에서
마주친 낡은 사진처럼
분명히 머물렀으나 낯설게 기억될
지금, 여기의 순간들.


어떤 당위도 없이 만끽할 수 있기를.
그 끝엔 늘 몇 줄의 문장이 남겨지기를.

고요한 세계에 도착했다.
비로소 노이즈가 아닌
진심을 고백했다.
돌아오는 것은 여전히
고요한 침묵일지라도.

독백

monologue

# 어쩔 수 없는 일

기분 좋은 흥얼거림도 낡은 빌라에서는
그저 불쾌한 소음에 지나지 않는다.
어쩌면 낭만이라는 것은
최소한의 삶이 갖춰진 이후에야
가능한 건지도 모른다.
조금은 서글프지만 어쩔 수 없는 일.

빗자루가 되겠다고 해도
변함없이 나를 믿어줄 것만 같았던
아버지는 시인이 되고 싶다던
내게 말했다.

쓰는 삶, 예술.
그 낭만이라는 것이,
이 어쩔 수 없는 세상에서는
청승이 되어버릴지도 모른다고.

그때 조수석에서 눈을 흘기던 나는
이제서야 조금 알 것 같다.
그래, 어쩔 수 없는 일이다.
낭만이 빚을 바라지 않기 위해
꿈에 빚을 얹지 않기 위해
조금 더 바짝 몸을 일으켜야 한다.

생계와 쓰는 삶, 예술이라는
그 어느 것도 내려놓지 않기 위해서.

나의 흥얼거림이

무의미한 소음이 되지 않도록

생을 올곧게 다듬어 나가야만 한다.

# 절망 연습


처절하게 애를 썼지만 거듭 실패했다.
영문도 모른 채 신발이 벗겨졌고
나는 목적지도 없이 달리고 있었다.
아무리 손을 흔들어 보아도
멈추는 차가 없었다.

두서없이 닥친 절망이었다.
축축한 기운에 눈을 뜨니 늦은 아침.
다행이었다.
익숙한 초침 소리, 버석거리는 이불.
버티컬 사이로 새어 나오는 맑은 빛.
나의 현실이 여기, 온전하게
남아 있기 때문만은 아니었다.

어쩌면 내일은 깜깜한 거리를 배회하는
미아가 될지도 모른다.
우주 속을 헤매는 먼지처럼
헤아릴 수 없는 절망이 다시 덮쳐올지도
모른다. 아무도 모른다.

그 순간, 내게 유일한 안도는
오늘의 기나긴 악몽일지도 모르겠다.
땀에 젖은 티셔츠를 붙잡으며
깨어나는 아침이 처음이 아닐 테니까.

나를 졸라매는 감정들이 도둑처럼
내 삶을 찾아온대도 그때는
나, 소리를 지르고
더듬더듬 길을 찾아낼 수 있지 않을까.
지난밤 새벽을 통해서 연습해왔으니까.

# 허기

터질 듯이 빵빵해진 배를 하고
쏟아지는 졸음과 싸우는 삶을 살 바엔
적당한 허기를 안고 살아가고 싶다.
때때로 머리 위에 노란 별이 보이고
숨이 턱 끝까지 차오를지라도
건강하게 그을린 얼굴과 맑은 기운으로
발을 옮기며 살고 싶다.

깨끗하게 비워진 입 안만이
소금의 짠맛을 민감하게 느낄 수 있다.
기름진 입 안과 머리를 말끔히 비워내고
싶어질 때가 있다.

# 간격 유지


몇 번의 대화를 나누었다고 해서
당신의 혀 끝에 맴도는 문장까지
읽을 수 있다고 착각하지 않으려고 한다.

잠시 눈을 마주했다고 해서
모든 시선을 담을 수 있을 거라는 확신과
같은 곳에 머무른 우리라고 해서
같은 종착지에 멈춰설 거라는 기대는
하지 않겠다.

작게 열어둔 틈을 비집고 들어와
제 뜻대로 헤집어 놓는 일에는
언제나 공감 없는 폭력만이 남았으니까.

# 선을 잇자


나와 당신을 이어주는 것들이
옅은 색이어도 얇은 선이어도 좋으니
오래도록 바라지 않고
끊어지지 않았으면 좋겠다.

모든 것들이 선명해야만 하고
한눈에 보암직해야 한다 하여도
우리만큼은 달랐으면 좋겠다.
조금은 느슨하게 이어져도
각자의 삶을 침범하지 않고
여린 듯 보여도 쉽게 끊어지지 않는
변함없는 잔잔함으로 여전하기를 바란다.

## 맺지 않은 이야기 2

마지막 페이지까지 쓰고 나서야
한 권의 책이 되어 엮이듯
시작과 끝, 그 사이에는
짐작할 수 없는 무수한 전개가 쏟아지고
갈등이 휘몰아칠 것이다.

무심코 펼친 한 장의 페이지로
이 모든 이야기의 끝을 짐작하지 않기를
차분히 인내를 가지고 작은 호흡마저
모두 읽어주기를.

# 내 영원의 문장

　　나는 늘 누군가 나를 발견할까 봐 두
려웠고 막상 아무도 나를 발견해주지 않
으면 서러웠다.*

─────────────────────────

　　이불 속에 파묻혀서 비밀스럽게 읽었
던 페이지와 두꺼운 책등의 무게를 기억한
다. 헐거운 교복을 버석거리며 한 장 한 장
넘겨갔던 페이지들 가운데 붙잡았던 문장
은 여전히 어제의 나보다 오늘의 내게 더
깊게 파고든다. 술래를 기다리는 마음으로
어설프게 숨어 있는 나를 이보다 더 정확
히 이야기하는 문장은 없었다.

내일은 타인의 문장이 아닌 내 손끝으
로, 수렁에 빠져 있는 나를 건질 밧줄을 내
릴 수 있지 않을까. 나를 구하고 당신을 구
해낼 그 한 문장을 좇는 중이다. 수계절 같
은 자리를 지키며.

* 커티스 시튼펠트(2017), 『사립학교 아이들』(김영사)

## 자라나는 꿈

이제는 끊어진 선이 돼버렸지만
점으로 남겨지지 않았다는 사실에
여전히 안도해.

그 끝자락은 너덜너덜 볼품없이
바람에 나부끼지만,
그런대로 그 불규칙한 곡선마저
아름답게 느껴질 때가 있으니까.

내 쪽에서도 네 쪽에서도
조금만 더 용기를 내어볼 순 없을까.

잠시 눈을 감아도
얼음처럼 멈춰 있던 선들이
조금씩 자라나는 꿈을 꿔.
손을 뻗어 보게 돼.

한 뼘은 아니더라도
한 마디 정도는 자라있진 않을까
가망 없는 희망만 자라서.

# 아픈 날

몸이 아플 때 의사를 찾기 전에 가까운 곁을 찾는 이유는 차가운 청진기가 닿지 않아도 정확한 진단과 처방이 없어도, 이마에 닿은 따듯한 온기와 근심 어린 목소리만으로도 충분함을 알기 때문이다.

당신들의 어설픈 진단과 어긋난 처방에도 별 탈 없이 우리가 이만큼 자랄 수 있었던 건 단 하나이다. 다정한 염려와 깊은 믿음. 더 이상 자랄 데 없는 내게도 가끔씩 앓는 날이 찾아온다. 그럴 때 나는 주저 없이 빳빳한 흰 가운이 아닌 목 늘어난 티셔츠를 입은 당신을 찾는다.

# 왼쪽 얼굴

마주하며 시간을 보내던 우리가 나란히 걷기 시작 할 때면 나는 홀로 작은 신경전을 벌인다. 네 오른편에 서기 위한 귀여운 노력. 차도에 서겠다며 내 오른편에 걷는 네가 눈치채지 못하도록 조심히 돌아서 다시 너를 내 왼편에 세워둔다.

거울을 볼 때면 자연스레 오른쪽으로 기우는 얼굴. 습관적으로 드러내는 왼편. 그 작은 선호, 오래된 애정을 너에게 흘려보내기 위해서 나는 오늘도 네 오른 편에 선다.

# 두려움이 자랄 때

어린 우리는 용감했다.
그때는 우리 스스로가 얼마나 어리석고
가벼운 줄 몰랐다.

세월이 흐르자
무섭게 알아차리기 시작했다.
우리가 얼마나 무겁게 늙어가고 있는지.
얼마나 더 비겁해질 수 있는지.
일그러져가는 맨얼굴이 두려워졌고
변명을 하기 시작했다.
어제보다 오늘 더 진실과 멀어져 가며
가끔은 거울 속에 마주한 두 눈조차도
알아차리지 못할 만큼 감쪽같이.

# 반성문

마음에 없는 말을 습관적으로 뱉으면서
일말의 가책이 옅어지는 걸 느꼈다.
알은체를 하며 조금 더 근사해지는 듯한
기분을 느꼈다.
조금 더 수고로우면 조금 더 나은 세상이
될 수 있는 걸 모른 체했다.
미워하는 마음보다도
무심하게 지나쳐버린 얼굴들이 늘었다.

부끄러움을 새겨두지 않으면
어제보다 오늘 더,
아마도 오늘보다 내일 더,
나는 나를 잃으며 살아갈 거다.

## 완행열차를 타는 것

변화란, 바쁘게 오가던 급행열차가 아닌
완행열차 를 타는 것.
에스컬레이터를 지나쳐 계단을 오르는 것.
우연히 시선이 닿은 이에게 짧은 미소를
건네는 것.

# 온에어와 오프에어 사이

끝날 때까지 끝이 아닌 것처럼 시작도 마찬가지이다. 출발선 앞에 온전히 닿기 전까지는 아직, 시작이 아니다.

1분 남짓의 광고가 끝나면 예정대로 시작되는 드라마처럼 순조로운 시작만 있는 것은 아니다. 우리가 손꼽아온 순간들은 온에어에 들어가기까지 숱한 번복을 지나고 끝없는 함정 속으로 빨려 들어가기도 한다. 그러나 누군도 나를 대신해 방송 사고에 대해 책임지지 않는다. 숨죽이며 다음 화를 기다려온 시청자도, 시작과 함께 주어진 역할에 뛰어드는 배우도, 그 모든 연출을 책임 하는 것도 오직 나이기 때문이다.

순조롭게 흘러가는 전개에 하나둘 시선이 모이도 하지만 아직, 끝낼 때까지 끝은 아닌 법. 벼락처럼 찾아오는 위기에 후드득 떨어져가는 시청률에도 함부로 조기 종영을 내릴 수는 없다. 매 순간 예측불허한 순간들을 충실히 지내다 보면 뜻하지 못한 절정을 만나게 될지도 모른다.

찾아올 새 국면을 담담하게 기대하며 다시, 오늘의 에피소드를 준비할 뿐이다.

## 있는 그대로의 나

있는 그대로의 색이 가장 아름답다는 걸 모르는 채 지나왔다. 어릴 때는 넉넉한 교복을 줄였고 추워도 늘 얇게 입고 다녔다. 성인이 되어서는 유행한다는 헤어스타일과 메이크업을 따라잡기 바빴고 그 탓에 어디서든 지각이 잦았다. 누군가를 사랑하게 되었을 땐, 그의 시선에 나를 맞추기 위해 전전긍긍했다. 내가 뿜어내던 색과 향기, 에너지가 그를 내 곁으로 당겨냈었다는 사실을 너무 늦게 알았다.

그러나 이제는 있는 그대로 사랑하기로 했다. 적어도 하얀 모니터 앞에서만큼은, 얇은 종이 위에서만큼은 무엇도 꾸며

내지 않을 거다. 언제나 서로 다른 색을 품는 하늘처럼 나 역시 날마다 낯선 빛을 띠게 될 거란 것을 안다. 그러나 억지스러운 채도를 입히고 싶지 않다.

오늘의 나는 이렇구나, 하며 있는 그대로의 나를 가득히 끌어안아주려고 한다. 다시는 흉내 낼 수 없는, 지금의 나를 놓치는 바보 같은 일은 없도록.

# 수식하지 않아도

때때로 나를 있는 그대로보다 훨씬 더
근사한 사람으로 바라보는 사람들을 만나
곤 한다. 조금 덜 자랐을 때는 그런 이들과
어울리는 게 좋았다. 숱한 미사여구를 주
렁주렁 달아주는 사람들 속에 있을 때면
황량하고 보잘 것 없는 나를 깜빡 잊어버
릴 수 있었으니까.

그러나 이제는 무거운 가면 놀이가 시
시해졌다. 울음이 멈추지 않는 속에는 눅
눅한 곰팡이가 자라나고 있는데 아무것도
모르는 체 보송한 미소를 짓는 내가 우스
워졌다. 얕은 관계들 역시 더는 조금도 절
실하지 않다.

이제는 속일 수 없어서가 아니라 더는
속이고 싶지 않다. 짧은 순간이라도. 당신
의 시선이 멀리 나를 떠나간다 하여도 나
는 조금 더 가벼워지고 싶다.

# 언젠가 우연히 마주칠 너에게

우연이라도 한 번 마주쳤으면 하는 사람이 내게도 있어. 요즘은 아무 생각 없이 올라탄 버스에서 지하철에서 너를 마주하는 상상을 해. 거짓말처럼 우리가 두 눈을 마주하게 된다면 너는 어떤 표정을 지을까. 나는 무슨 말을 건넬 수 있을까. 어정 쩡한 표정으로, 끝내 입 한 번 못 떼고 멀어져가는 등만 다시 마주하게 될까.

시간이 흘렀고 기억은 우리의 원형을 조금씩 구기고 있어. 그래, 이제는 우리도 나이를 먹었지. 그럼에도 흐르는 세월 속에 서로를 마주 하게 된다면 그땐 복잡한 생각으로 낯을 가리지 않았으면 좋겠어.

어쩌면 생각처럼 예쁘게 웃지는 못할지도 몰라. 못생긴 잇몸을 드러내며 어색하게 짓는 웃음이 거리감을 느끼게 할지도 몰라. 기대에는 조금 못 미치는 옷을 걸치고 있을지도 모르겠다. 세상이 생각처럼 살아지는 건 아니더라.

네가 지나온 세상은 어땠을까. 짐작도 할 수 없겠어. 그래도 나는 웃을래, 웃고 싶어! 그게 또 언제 다시 있을지 모를, 우리가 전하는 마지막 인사일지도 모르잖아.

# 가끔 구름

아무리 애써 봐도 힘이 죽 빠지는 날. 톤을 높여서 시답잖은 농담을 던져 봐도 좀처럼 나아지지 않는 기분에 종일 허우적 거렸다. 그 탓에 조금 일찍 도망치듯 밖을 나섰지만 무거운 마음으로 곧장 집에 가는 건 망설여졌다. 괜한 마음에 여기저기 전화를 걸었지만, 저마다 사정이 있는 법.

홀로 긴 버스 여행을 하며 마음을 추슬러야 했다. 창밖의 사람들을 보며 "정작 필요할 땐 아무도 없다."를 되뇌었다. 잘못은 바쁜 세상에 있음을 모르지 않으면서.

날마다 적당한 긴장감으로 균형을 잡

으려 애쓰다 보니 자주 넘어지진 않는다. 다만 한 번 어딘가에 걸려서 넘어질 때면 아주 엎어져 버리려고 하는 게 나의 문제.

무심코 바라본 창에 비친 시무룩한 얼굴들에게 어떤 표정을 지어야 할지 고민하던 차에 울리는 전화. "괜찮아, 그냥 조금 그런 날이었어."라며 짧은 통화를 끝내기가 무섭게 다시금 전화가 울린다. 나를 찾는 이들의 떨림을 느끼며 창밖을 바라봤다. 노을 진 하늘에 회색빛 구름이 몰려오는 것을 보며 노트를 펼쳤다.


'구름 낀 나날들이 우리를
 자꾸만 묶어두려고 하겠지만
 그 시간을 견디고 나면
 다시금 해가 들 거다.

구름 아래에 있는 우리에게 필요한 건
구름을 걷어낼 초인적인 능력이 아니다.
그저 가끔 찾아오는 구름의 시간을
함께 견뎌줄 사람이다.'

## 잘 알지도 못하면서

잘 알지도 못하면서.
혼자라는 건 해가 거듭되어도
익숙해지지 않는 일이라는 걸.

스스로 해내는 일이 늘어가는 건
곁에 맞드는 손이 없기 때문인데
혼자서도 온전해 보인다는 말,
조금은 허점이 있어야 한다는 말이
더는 칭찬이나 농담처럼 들리지 않는다.

힘주어 굳은 팔짱을 껴도
허전한 밤이 올 때는
나, 바쁜 손을 멈추고 울고만 싶어진다.

내 눈물은 여전히 뜨겁다.

무표정한 얼굴로 하루를 보내지만

아직 꺼내지 못한 수많은 표정이 있다.

당신이 눈치채지 못했을 뿐.

## 서둘러야 해

하고 싶은 것들이 해야 하는 것들이 되어
버리기 전에 밖을 나서야 해.

# 앤드라이브 여행

머물기를 좋아했던 사람들과
그 곁에서 내가 짓던 표정들이
꿈결처럼 낯설다.
특별할 것 없는 사람들,
찬란하지 않은 기억이라 여겼다.
달력의 숫자를 되돌렸을 뿐인데
진부한 삶의 기록들은
타인의 삶처럼 흥미롭고 비밀스럽다.
떠나보니 알게 된 그때, 거기에 남겨진
활력의 아름다움. 생경한 사랑들.
지루하게 놓여 있는 지금, 여기도
언젠가 다시 마주할 땐 분명 다를 것이다.
시름없는 아름다움만이 남겨지겠지.

## 제대로 도착한 선물

간절히 바라던 것을 두고서도
쉽사리 무릎을 꿇지 못할 때가 있다.
두 손을 모으고 두 눈을 꼭 감고도
입이 떼어지지 않을 때면
바보 같은 생각들이 나를 삼키려 한다.

'내게 이런 과분한 일이 이뤄질 리가 없어.
정말 그런 일이 내게 벌어지면 어쩌지.
잘못 도착한 선물이라면?'
덜컥 받을 용기가 나지 않는다.

그럼에도 불구하고 작은 용기를 모아
구하고 두드렸을 때 나는 기적을 만났다.

무릎을 꿇고 조심스럽게 포장을 풀고
그 기적의 응답이 다른 이가 아닌
내게 도착해야만 했던 것을 알았다.
그때부터 감히 한계를 두지 않기로 했다.
더 많은 문을 향해 달려가고
두드리며 살기로 했다.

나침판도 지도도 없이
분명히 닿아야만 했던 곳에
닿게 될 것이라는 것을
제대로 도착하게 되리란 것을 알았으니까.

# 위선의 페이지

쓸 때까지만 해도 온전한 진심이었는데
네모반듯한 책을 펼쳐보니 위선이다.
사람과 사랑을 존중하고
어려움을 외면하지 않겠다는 다짐이
이토록 연약할 줄 알았다면,
페이지가 아닌 바위 위에 새겨둘 것을.
쉽게 썼지만 쉽게 지울 수 없는 활자들이
작은 바람에 나부낀다.
탈고 직후에 느끼는 묘한 환희와
죄책감이 여전히 생경하다.

기록한 모든 이야기가
거짓이거나 과거형은 아니지만

온전한 진실도 현재형도 아니라서
오래된 고백은 내게 가깝고도 멀다.


쓰고 지우기를 반복한 문장들조차
이토록 낯선데
우발적으로 쏟아진 말들은 오죽할까.
점심을 먹으며 나눴던 대화는
저녁을 먹을 때쯤 희미해진다.
가벼운 가십거리도 무거운 비밀도
시간에 밀려 원형을 구기며 흩어진다.
언어를 통해 쉼 없이 쏟아지는 삶의 위선.


결코 도망칠 수 없다면
무겁게 뱉고 어렵게 쓰며
필사적으로 줄여보겠다고 다짐한다.
거센 바람에도 쉽게 흔들리지 않을
바위 같은 페이지를 남겨보겠다고.

## 그때, 알았지

소란스러운 사람들 사이에서 두리번거리던 당신이 내가 입을 떼자 일시 정지 버튼이라도 누른 것처럼 가만히 나를 응시했을 때, 세수를 하다 말고 당신과 주고받던 대화를 머릿속으로 되새겨볼 때 그때, 알았지.

우리가 서로에게 조금 더 특별해질 거라는 것을.

# 선 긋는 세계

내게 일어나지 않은 일이라고 해서
영영 나의 세계와는 관계없는
우주 너머의 일이 되는 건 아니다.
이미 일어났거나 여전히 일어나고 있는
일을 겪고 있는 이들과 우리는
같은 세계 속에서 나고 자란 사람들.
그들의 세계라면 나의 세계이기도 하다.
나의 세계 역시 그들의 세계이다.


내 집 앞 나무에서 난 열매의 씨앗은
어느 곳에서든 같은 열매를 맺게 될 거다.
불행의 씨앗도 마찬가지다.
그들이 아닌 내게 심어졌더라도

다르지 않은 현실을 맺게 되었을 거다.
그 자리, 그 시간에 그들이 있었을 뿐이다.


그러니 선을 긋지 말자.
매일 터지는 총성과 멈추지 않는 비명,
그칠 줄 모르는 눈물의 값을
그들만의 몫으로 두지 말자.
안온한 나의 세계가 언제까지나
영원하리라 착각하지 말자.


들리지 않고 보이지 않지만
존재하는 것들을 향하여 마음을 두는
당신과 내가 되기를 기도한다.

# 그대로 두기

오늘의 다짐.
어쩔 수 없는 것들은 그냥 두기.


밀어내지도 당겨내지도 못한 시간들
새롭게 고쳐서 쓸 수 없는 미운 마음들
여전히 불쑥 나를 찾아와 어지럽히는
희미한 기억들과 작은 음성들을.


어쩔 수 없는 것들을 붙잡으려다
품에 안았던 것을 놓쳐버린 적이 있다.
두 손 잡고 있던 그를 앞에 두고도
저 멀리 등을 보인 이를 바라본 적이 있다.
끝내 남겨진 건 식어가는 온기.

공허함과 짙은 후회를 기억한다.

그러니까 우리 이제 어쩔 수 없는 것들은

그곳에 그대로 두자.

# 주저앉은 자리에서


때로 쉽게 불평을 토했지만
돌이켜보면 모든 건 기적이며 축복이었다.
불평하며 주저앉은 자리는
그토록 바라던 자리였으니까.


말도 안 된다며 입을 틀어막던,
꿈이 아니냐며 허벅지를 비틀던
나는 어디 갔을까?
여기에 있다.
그토록 바라던 이 자리에.


소리 없이 흩어진 감사를
다시, 데려오려 한다.

지난 걸음이 모두 기적이었음을 돌아본다.

갈망하며 떠돌던 시절을 기억할 때

주저앉은 자리에서 다시,

기쁨을 셀 수 있음을 깨닫는다.

# 내게 달려 있는 것


내면의 격동이 해프닝으로 끝나지 않고
성장통이 되는 것은
그 자리에 주저앉아 울어버릴 것인지
이를 악물고 나아갈 것인지에 달려있다.
의미 없는 정지의 순간을 맞을지
결론이란 묵직한 결과를 움켜쥘 것인지는
과정에 쏟고 태워내는 에너지에 달려있다.


위에서 아래로 흐르는 물처럼
계절이 가고 새 계절이 오는 것처럼
쉬이 흘러가지 않는다.
성장은 위태롭게 느껴지는 순간에
대롱대롱 달려있다.

닿을 듯 말 듯 한 거리에.


이따금 눈물겹게 애처로울 때가 있지만
이보다 공평한 게 있을까 싶다.
다른 무엇 아닌 내게 달려 있는 일.
발 끝에 힘을 주고 팔을 쭉 뻗으면
허공이 아닌 무언가에 닿을 수 있다는
사실이 썩 위로가 될 때가 있다.

# 다행

해결되지 못한 미제의 상처를
문장으로 해소할 수 있어서
참 다행이라는 생각이 문득 찾아온다.
눈물을 머금은 지난날을 바삭 말려낼 힘과
오래 엉켜있던 문제를 싹둑 잘라낼 능력은
여전히 내 것이 아니지만
그럼에도 불구하고 손바닥만 한 노트를
펼쳐 새기는 세계에서만큼은
나, 눈물을 모르는 체 웃을 수 있다.

하얀 무대 위에서만큼은
옥죄는 숱한 관계를 툭 끊고
푸른 들판을 파란 하늘을 내달린다.

여전히 내게 글이라는 것은 다행인 것.

숱한 행복 가운데 또 다른 행복이 아닌

습하고 어두운 삶 가운데 찾아와 준

단 하나의 위안.

# 정체성

어디서든 쓰는 사람의 정체성을 잃지
않으려 했다. 그것만이 나를 믿어주고 읽
어주는 이들을 향한 보답이라고 믿었다.
그러나 시간이 갈수록 좁아지는 삶과 깊어
가는 자기방어와 검열에 나를 잃고 있다는
자각이 들었다. 당위에만 얽매이는 나는
내가 아니다. 온전한 나를 놓친 채 쓰는 문
장들은 진정한 나와 멀어질 뿐이다.

그리하여 나는 나를 존중해 주기로 했
다. 지금의 내가 원하는 것, 바라보는 것이
무엇이든 놓지 않기로 했다. 쓰지 않고는
존재할 수 없지만, 쓰는 것만이 나의 삶은
아니기에.

## 간절함을 구기고 싶을 때

간절한 삶의 태도가 약점처럼 다가올 때가 있다. 절박함이 반드시 결과로 이어지는 것이 걸 알기 때문이다. 아무런 시름 없이 걷는 이들과 동일선상에 놓일 때면 턱 끝까지 차오르는 숨을 영원처럼 참고 싶어진다. 절박함이 부끄러워 뒤로 숨고만 싶어진다. 뜨겁기만 한 간절함을 구깃구깃 접어서 보이지 않는 곳까지 밀어두고 싶어질 때, 거친 숨을 삼키며 아무런 감흥도 없다는 듯이 차가운 표정을 지어본다.

"어쩌다, 가볍게 시작한 일이 이렇게 됐네요."

마치 타고난 것이 전부인 양. 이곳에 도착하기 위해서 버려야만 했던 선택지들은 까맣게 잊었다는 듯이.

# 믿어지는 것

가장 완벽한 연기는 믿어지는 것.
프레임 속에서 살아 움직이는
그가 사는 세계가 현실이 되고
그를 둘러싼 숱한 관계와 갈등,
삶의 이력 그 모두가 진실이 된다.
뜨거운 눈물을 흘리는 모습을 보며
연기에 감탄하는 것이 아니다.
가여워 함께 눈물 흘리며 연민을 느낄 때
프레임 속 세계는 현실이 된다.

더할 나위 없는 완벽을 마주할 때면
평가를 잊은 채 빠져들게 된다.
프레임 바깥의 분주함과 비하인드는

조금도 궁금하지 않게 된다.

인물의 표정과 호흡을 읽기에도

시간은 짧다.


가장 완벽한 몰입은 믿어지는 것이다.

치밀한 계산으로 세워진 세계임을

깜빡 잊게 되는 것.

완전히 포개질 수 없는
간극은 시점에서 출발한다.
내 삶의 내레이션은
오직 내 입술을 통하여
흘러갈 뿐이다.

나레이션

narration

## 파도 위에서 중심을 잡으며 산다

평생 글을 쓰며 살겠다는 결심으로 책을 낸 건 아니었다. 오래 희망했으나, 눈을 가느다랗게 뜨며 언젠가 마주할 막연한 미래의 일이라 여겼다. 그럼에도 불구하고 감사하게도 시작과 지금 사이에 짧은 공백 하나 없이 왔다. 결코 누구에게나 허락된 현재진행형이 아님을 안다. 때때로 잠시 부재중,이라는 푯말을 세워두고 생계를 위해서 떠나야 함을 목전까지 느꼈기에 모를 수 없다.

어둡던 그늘의 바퀴를 돌고 돌아서 여기까지 왔다. 밥은 먹고 다니냐는 말은 더이상 듣지 않는다. 자신을 연민하며 한 줄도 쓰지 못하던 시절도 이제는 과거형이 됐다. 여전히 매일이 오르고 내리는 파도 위지만 이제는 그 위에서 어떻게 중심을 잡아야 하는지 조금씩 알아가고 있다.

단단한 아스팔트도 반짝거리는 대리석도 여전히 내 것이 아니지만 어쩌면 영영 내 것이 되지 않는다고 하여도, 발밑에서 넘실대는 파도를 느끼는 지금이 좋다. 마음을 조금만 다른 곳에 두어도 이내 고꾸라져 버리고 말 것을 알기에 온몸엔 습관처럼 긴장이 베여있지만 그것도 싫지 않다. 저 멀리서 다가오는 커다란 파도로부터 어떻게 나를 지켜낼 수 있을지 고민하며 발끝에 힘을 주는 일이 즐겁다.

이것이 지금의 나다. 내게는 여전히 즐겁고 기쁜 일이 있다. 이 일을 언제까지나 지켜내고 싶다.

# 추수

쉴 틈 없이 이곳저곳 달려야만 했던 어린 날. 진을 빼야만 짙은 밤공기가 가볍게 느껴지던 내게 누군가 물었다. 왜 그렇게 열심히 사느냐고, 굳이 그렇게 해야만 하느냐고. 무심코 던져진 '굳이'라는 단어에 뱅뱅 배회하던 시절이 있었다. 하고 싶은 말을 입안에서 한참 굴렸다, 끝내 삼키고 말았지만 언젠가는 꼭 토해내고 싶었던 말이 있다.

반론이 아닌 최초이자
최후의 유언처럼 놓일 문장.

"마침내 하늘이 높아지고 굽은 허리를 펴게 되는 날. 추수하는 날에 품 안에 가득 안게 될 것을, 누구도 함부로 이야기하지 않도록 달려왔어. 아무것도 하지 않으면 정말 아무것도 남겨지지 않을 것만 같은 그곳을, 맨발로 셀 수 없이 오갔던 다른 이유는 없어."

깨끗한 두 손으로 탐스러운 과실을 건네 받은 당신에게는, 벌레 먹고 울퉁불퉁한 내 과실이 보잘것없어 보일지도 모르겠다. 그러나 싹이 트고 꽃이 피는, 푸른빛에서 붉은빛으로 익어가는 열매의 탐스러움을, 그 감격의 순간을 빠짐없이 기억하는 내게는 더할 나위 없이 완전한 내 것, 나의 작품이다. 허리를 굽히고 땀을 흘리며 '굳이' 그래야만 했던 모든 이유의 결말이며

고개를 들고 거짓 없이 웃어 보일 수 있는
근거인 것이다.

# 만회

　온종일 책을 한가득 이고서 책방들을
부지런히 오갔던 날. 경직된 마음도 잠시
긴장을 풀고 유연하게 이어지던 대화들.
마침내 해야만 하는 이야기가 아닌 하고
싶던 이야기와 듣고 싶던 이야기들 사이를
헤엄치다 겨우 막차에 올라탔다. 한 권의
책도 남지 않은 풀 죽은 가방을 품에 안은
채 굳은 어깨를 주물렀다. 그러다 우연히
피로한 얼굴, 무거운 표정들과 마주쳤다.
손잡이에 간신히 매달린 회사원의 창백한
얼굴이 어디서 본 것만 같아서,


　'밥은 못 먹고 괜한 커피만 죽죽 마셨

어'라는 문자는 차마 전송하지 못했다. 넥타이를 꽉 맨 그가 꼭 쥐고 있는 휴대폰 화면에 나의 투정이 전송될 것만 같아서. 그 낯빛이 더 파랗게 질릴 것만 같아서 마른침과 함께 허기를 꾹 삼켰다.

다가올 새벽에는 이름 모를 그네들의 삶에 들어가서 그들이 삼켜버린 이야기들을 문장으로 토해내기로 했다. 내게 허락된 자유를 만회하기 위하여. 짙은 고민의 문장만이 나와 당신의 깊은 허기를 채워줄 수 있을 거라는 번뜩이는 기쁨이 찾아왔다.

## 빗속에서 뛰지 않는 이유

'비에 젖은 사람은 뛰지 않아.'*

오래된 책을 꺼내 읽다가 시선이 머무
는 문장을 만났다. 비에 젖은 사람은 뛰지
않는다. 뛰는 사람은 비를 피하는 사람.
비에 젖은 사람은 서두르지 않는다. 뛰지
않는다. 이미 젖어버렸으니까. 그의 마음
은 자포자기의 심정일까.

어릴 적에도 지금도 비 오는 날에 우산
을 챙기지 않는 나는, 걷는다. 지하철 출구
앞에 옹기종기 모여 어디론가 전화를 거는
사람들, 외투를 벗어 뒤집어 쓰고 달리는
사람들 사이를 가로질러 걷는다. 비가 오

지 않는 거리를 걷는 듯 고개를 빳빳이 들
고 허리를 쭉 펴고서.

빗속을 걷는 내 마음은 자포자기와는
멀다. 모두가 얇은 방수 천으로 퉁겨내는
빗방울을 홀로 맞을 때면 무엇이든 해낼
수 있을 것만 같은 열의로 가득 찬다. 차분
히 내려앉는 머리칼, 온몸에 젖어드는 빗
줄기에 알 수 없는 해방감을 느낀다. 보폭
은 더 넓어지고 이내 춤을 추듯 거릴 걷는
다.

내게 '비에 젖는 사람은 뛰지 않는다.'
라는 문장은 '피할 수 없다면 즐겨라.' 같은
진부한 메시지와 크게 다르지 않다. 이미
젖어버린 것들을 되돌릴 힘이 우리에게는
없다.

비에 젖은 어깨
봉숭아 물에 흠뻑 물든 손끝
이미 젖어든 마음

　다만 그 앞에서 자포자기의 내가 될 것
인지, 거침없이 빗속으로 달려드는 내가
될 것인지는 자신에게 달려있다.

* 하성란 (1999), 『옆집 여자』(창작과비평사)

# 픽션 없는 날

　　날마다 순백의 페이지에 가명의 인물을 세워두고 사이사이 촘촘한 그물망을 만들어 놓다 보니 때때로 픽션 없는 날이 필요하다. 그리하여 달력에서 마구잡이로 숫자들 고르고 그 위에 뱅글뱅글 동그라미를 그렸다. 이날은 허구 없는 날.

　　이날만큼은 머리맡에 둔 소설들을 치워두고 겨우 손이 닿는 곳에서 둔 채 잊었던 인문학서를 꺼내 펼친다. 가본 적 없는 생소한 이름의 나라들을 줄줄이 발음해 보다 이내 책을 덮는다. 기억에 남은 건 겨우 머나먼 나라의 알 수 없는 풍습들이 전부지만, 오랫동안 닫혀있던 문이 열리고 새

바람이 드나들듯 마음은 상쾌하다. 이따금 만나는 이들과도 오늘만큼은 다른 이야기는 하지 않기로 한다. 다른 공간, 닿은 적 없는 장면들, 나와 관계없는 이들의 가십은 밀어두고 내 이야기를 시작한다. 깊고 긴 대화는, 나에 대한 탐색으로 이어진다.

늦은 저녁, 챙겨보던 드라마를 지나쳐 다큐멘터리에 채널을 멈춘다. 난생처음 보는 이의 삶 구석구석을 들여다본다. 생경한 이의 삶에서도 잊었던 나를 발견할 수 있음을 이제 안다.

이야기에서 허구가 빠지면 남는 건 지루한 하품일 거라 생각했다. 돌아서면 잊어버릴 거라 생각했다. 하지만 이제 안다. 픽션이 없는 날에 만난 모든 서사와 감정은 그 어느 것보다도 극적이며 깊은 여운을 남긴다는 것을.

거울 앞에서 마주한 내 이야기를 시작할 수 있어야, 비로소 페이지와 스크린 안에서 흐르는 이야기를 읽을 수 있다는 것을 조금씩 알아가는 중이다.

## 삐뚤었던 마음

가까운 지인에게 절친한 이를 소개한 적이 있다. 어색하던 사이도 잠시, 둘은 빠르게 가까워졌고 우리는 새로운 관계를 만들었다. 그러던 어느 날 둘만의 비밀을 속삭이던 그들을 발견했을 때 얕은 배신감과 질투를 느꼈다. 그들을 이어준 걸 후회하며 며칠을 끙끙댔다. 괜히 서성거리기도 했고 툴툴거리기도 했다.

얼마 지나지 않아서 그들의 모의가 다름이 아닌 나를 위한 것이었음을 알았다. 살금살금 다가와 폭죽을 터뜨리던 그들 앞에서 나는 소리 없이 머리를 숙였다. 픽, 웃음이 터졌다. 미안한 마음보다 안도가 먼저 찾아왔다. 좁디좁은 마음으로 그들의 넓은 애정을 읽지 못했구나, 이들은 더욱 사랑스러워졌는데. 참 다행이었다. 삐뚤었던 건 나뿐이라, 나만 돌아가면 되니까. 당신들은 여전히 다정하고 반짝이는 사람들이라.

후, 흔들리는 촛불을 끄고서 케이크를 반듯이 갈랐다. 그리고는 다음 술래를 두고서 우리는 무심한 척 비밀스러운 눈짓을 주고받았다.

## 삐뚤었던 마음

서쪽 바다에서는 늘 어릴 적 기억이 떠오른다. 특별한 이유 없이도 우리는 방공호 같은 아버지 차를 타고 자주 떠났다. 비가 오면 빗소리가 좋다고 해가 뜨면 해가 좋다고.

바다를 바라보는 시간보다도 오가는 차 안에서 나눴던 대화가 더 길었다. 마주하지 않아도 같은 곳을 바라보며 우리가 나눴던 대화들은 조금씩 아득해지고 있지만 여전히 서쪽 바다를 올 때면 그 옅은 긴장감과 편안함이 뒤섞인 공기를 느낀다. 이제는 품어주는 품이 없어도 홀로 바람을 맞으며 선다. 입을 닫고 가만히 시선을 멀리 둔다. 눈앞의 것보다 더 많은 것들이 들리고 보이기 시작했다.

## 기운 마음을 부르는 선곡

뒤늦게 바람이 든 노래방을 찾을 때면 내 좁은 선곡들은 하나같이 기울고 부족한 마음을 노래한다. 오래 머물렀던 시선과 지워지지 않는 기억도 그렇다.

자주 깜빡이던 왼쪽 눈,
시옷 받침이 어눌하던 입 모양,
어딘가 어설펐던 장난들.

균형보다는 불균형에 가깝던 그 모습들이 자주 떠오르고 그리워진다. 오래된 뮤직비디오가 멋대로 흘러나오는 어둡고 비좁은 자리. 끝내 채워지지 않을 것을 알면서도 내내 불러보고 마는 서글픈 노랫말. 헛헛한 마음을 안고 돌아오는 길에는 늘 마지막이라며 다짐해 보지만 나는 안다. 무심한 얼굴로 다시금 부르게 될 좁은 선곡표를.

# 단맛 끝의 쓸쓸함

어릴 적부터 사탕보다는 초콜릿이 좋았다. 흐물흐물 녹아내리는 것보다는 딱딱 깨물어먹는 게 더 재밌었지만, 주머니에 동전이 생길 때마다 까치발을 들고서 손에 넣었던 건 초콜릿이었다. 아껴먹겠다며 손에 꼭 쥐면 손끝에 끈덕지게 녹아내리던 초콜릿. 아쉬운 마음에 손끝까지 쪽쪽 빨아먹다 보면 단맛 끝에 올라오는 짠맛에 다시 슈퍼를 들락날락해야 했다.

혀 끝으로 여러번 굴려가며 오래 먹을 수 있는 사탕과 달리, 입안에서 순식간에 흔적도 없이 사라지고 마는 초콜릿을 좋아했다. 뒷주머니 시커멓게 물들이는 바람에

꾸중을 들어도, 먹어도 먹어도 늘 아쉬운 여운만 감도는 초콜릿에 마음을 빼앗기는 이유를 알지 못했다. 그러던 어느 날, 당신과 나눈 대화에서 오래 풀리지 않았던 수수께끼가 풀렸다. 늘 카페모카를 마시던 당신과의 대화에서.

또, 모카예요? 오늘은 다른 걸 마셔봐요.
- 아메리카는 너무 쓰잖아요.
그럼, 오늘은 비엔나를 마셔요.
- 아니, 괜찮아요. 단맛 끝에 남는 그 씁쓸한 맛이 좋아요. 난.

단맛도, 씁쓸한 맛도 아니었다. 단맛 끝에 찾아오는 씁쓸한 맛이었다. 여전히 초콜릿을 달고 사는 이유. 늘 어른스럽기만 한 당신과 마냥 어리숙한 내가 우리가 될 수 있던 건 어쩌면 이토록 낯선 조화, 닮아 있는 선호는 아니었을까.

　　어째서 변함없는 달콤함이 아닌 단맛 끝의 씁쓸함에 더 마음이 갔는지는 여전히 모르겠다. 조금 천천히 알아가고 싶다. 내일은 당신과 함께 따뜻한 카페모카를 마셔봐야겠다, 고 단단한 초콜릿을 우물거리며 생각했다.

# 귀밑머리

동그랗게 말린 귀밑머리가 눈에 밟혀서
조금 더 늦은 이별을 맞은 적이 있다.
나조차도 우스운 변명처럼 느껴졌기에
누구에게도 뱉어본 적 없는 비밀이다.
수계절이 지났어도 만원 버스에 오르면
북적이는 명동거리에만 닿으면
수많은 뒤통수 사이에서
동그란 귀밑머리를 찾기 바쁘다.
끝내 마주하게 된다 해도
건넬 인삿말은 생각도 해본 적 없으면서.

동그랗게 말린 귀밑머리.
그게 긴 세월의 공백을 막아줄

방패라도 되는 것처럼
변명이라도 되는 것처럼

나 홀로 길고 지루한 숨바꼭질의
술래가 되어 종일 귀밑머릴 좇고 있다.

## 착각하지 말 것

고작 가지를 보고
곧 떨어질 나뭇잎을 보며
나무를 상상하지 않을 것.

겨우 반나절이 지났을 땐
일기를 남기지 말 것.
예고편만 보고서
본편을 논하지 말 것.

좁은 시선 안에 가둬두고서는
나를 다 읽었다는 듯 착각하지 말 것.

# 개천의 용

어릴 적부터 개천에서 용 난다는 말이 어쩐지 마음에 들었다. 어쩌면 깊고 넓은 바다보다는 좁고 냄새나는 개천이 나에게 더 가까울지도 모른다는 때 이른 직감 때문이었을지도 모른다. 어린 직감은 틀리지 않았고 무던히 애를 썼지만 나는 긴 시간을 낡은 아파트 단지 뒤에 있는 개천을 등하굣길, 산책길 삼아 오가며 성장했다.

이제는 그곳을 떠났지만 여전히 눈을 감으면 여름마다 습한 냄새가 올라오고 겨울마다 거무죽죽한 얼음들이 끼어있던 개천을 선명하게 떠올려볼 수 있다.

'나는 이곳을 벗어날 거야.

　무엇이 되어서든.'


　그곳을 오가며 늘 마음속에서 새겨두
었던 다짐은 여전히 마음 속에서 메아리
치는 중이다. 삶을 착실히 살아내며 개천
을 떠났지만 여전히 아름다운 바다에는
미치지 못했다. 모든 것이 이전보다 나아
졌지만 때때로 다시 개천으로 돌아가는 상
상을 하기도 한다. 푸른색의 바다는 점점
멀어지고 나는 끝내 용이 되지 못하는 건
아닐까, 끝을 알 수 없는 나락으로 파고들
때가 있다. 그럴 때면 누군가 한숨처럼 뱉
던 문장이 가슴에 픽 하고 박힌다.


'개천에서 용이 난다면 말이야.

　그건 둘 중에 하나야.

가짜 개천을 꾸몄다거나

바다에 있던 용이 개천으로 옮겨갔거나.'


　개천에서 용이 난다는 말은 과거의 영
광일 뿐일까. 그렇다면 나는 이제 어떻게
해야만 할까. 어떻게 해야만 지긋한 개천
을 벗어난 뱀이 아닌, 용이 될 수 있을까.
드넓은 바다를 마음껏 휘젓고 다닐 수 있
을까.

# 숫자놀이

여전히 손으로 가계부를 적는다. 매일
은 아니어도 한주에 두세 번은 손바닥만 한
가계부를 펼쳐서 지난 소비를 돌아본다.
좀처럼 대범해지지 못하는 소비패턴들은
다달이 조금도 예측할 수 없는 숫자가 입
금되는 프리랜서의 삶을 닮았다. 뜻밖에
찾아온 큰 숫자에도 나를 위한 셈은 언제
나 작은 자리의 숫자들이다. 끼니를 놓쳐
오갔던 편의점 결제금 합계를 보며 다짐한
다. 내일은 든든한 한 끼를 먹겠다고.

나를 위한 티끌만 한 소비는 좀처럼 벗
어나지 못하지만, 반가운 얼굴들을 위해
긁어버린 숫자들은 조금씩 자라나고 있다.

18900원  K 후배와 가츠동.


표정 없는 숫자들 옆에 그날의 키워드를 적으면 무미건조한 숫자 곁에 그날의 냄새와 온도가 흔적처럼 남는다. 들쭉날쭉한 소비들이 하나의 역사처럼 이어진다. 수기 가계부의 존재를 아는 이들은 하나같이 내게 불필요한 수고라 말하지만, 이 수고만이 내게 가르치는 것이 있다.


가장 갖고 싶던 것을 미루며 택했던 차선의 소비가 그리 나쁘지 않았다는 것, 매일 조금 더 절제하는 법을 알아가고 있다는 것, 좋아하는 후배들을 위해 때로는 무리도 할 줄 아는 선배가 되었다는 것, 조금 더 합리적인 선택을 하는 법도 손때 묻은 노트가 없었더라면 몰랐을 것이다.

그중에서도 가장 크게 깨달은 것은, 통장 잔고의 숫자는 반드시 사수해야만 하는 절대 숫자만은 아니라는 것, 일상의 소중한 경험들과 언제든 맞바꿀 수 있어야 한다는 것이었다.

나를 대접하는 끼니
미루지 않고 보답하는 마음

숫자보다 크고 깊은 선택과 경험에 익숙해지니 더는 줄거나 늘어드는 숫자에만 마음을 두지 않게 됐다. 다만 잔고 숫자로 내가 얻은 경험의 깊이를 기준 삼아서 신중한 숫자놀이를 하게 됐다. 내게 주어진 숫자들은 언제라도 정도를 모르고 오르고 줄며 파도를 칠 것이다. 그렇지만 이제는 불안과는 다른 마음으로 예측할 수 없는 숫자들과 함께 성장해 나갈 것이다.

# 마지막 세대의 사랑

더는 신곡을 내지 않는 이들의
오래된 노래를 들을 때면
긴 추억에 잠긴다.
좁은 버스 안에 구겨져
이어폰 한쪽과 함께 작은 호흡까지
나눠 가졌던 너와의 이야기가
영원처럼 이어질 줄 알았다.
퐁당퐁당, 놀이를 하듯 주고받았던
유치한 문자 메시지가 멎을 줄 몰랐다.

긴 잠을 자는 것인지 완전히 끝이 났는지
우리의 서사는 더는 이어지지 않았다.
우리가 아끼던 목소리들은

오래된 노래를 마지막으로
아무도 모르게 입을 닫았다.
주고받던 문자 메시지들은
긴 세월을 변명 삼아
더는 옮겨지지 못한 채
영영 사라져버렸다.

그럼에도 불구하고
여전히 추억할 수 있는 건
모두가 마지막이었기 때문이다.

히트곡 하나 없이 무대를 내려왔어도
우리에게는 깊은 여운을 남겼던
그들의 마지막 노래.
이제는 잘 사용하지 않는 문자 서비스로
속삭였던 마지막 사랑.

모든 마지막과 함께 막을 내린 이야기.

너와 나, 마지막 세대의 사랑.

# 유효슈팅

아무리 두드려 봐도 문 열어주는 곳 하나가 없어요, 하며 면접 복장을 한 앳된 얼굴의 여자가 구두를 벗고 발목을 주물렀다. 그 앞에 앉은 중년의 남자는 계속하다 보면 하나쯤은 열릴 거라는 말만 건성으로 반복했다. 조금도 힘이 되지 않는다는 듯이 안마를 하던 손을 멈춘 그녀에게 나는 무슨 위로를 전할 수 있을까. 닿지도 않을 말을 찾아 고민했다.

그때 조금 더 멀리서 또 다른 대화가 들렸다. 지난밤에 있었던 축구 경기에 대한 설전이 한창이었다. 서로 다른 팀을 응원하는 모양이었다.

골 성적은 고만고만했지만 유효슈팅에서 큰 차이가 있었다며 한쪽이 목소리를 높였다. 축구에 대해 아는 게 많지 않았지만 유효슈팅이라는 단어가 머리에 콕 박혔다. 바로 그거였다. 유효슈팅.

삶을 살면서 우리가 얻고자 하는 것들은 결코, 한 번의 슈팅으로 단숨에 이뤄지지 않는다. 쉼 없이 달려가며 발에 공이 닿을 때마다 몇 번이고 걷어차야만 한다. 어쩌면 끊임없이 이어지는 헛발질이라는 생각이 들지도 모른다. 그러나 골대 안으로 힘차게 굴러들어가는 공이 없다고 하여도 우리는 기억해야만 한다. 키퍼의 손에 좌절된 공, 허무하게 골대에 맞아버린 공 모두 허사가 아닌 유효한 슈팅이었다는 사실을.

수많은 슈팅 가운데 하나가 언젠가는 멋진 세리머니를 데려오게 될 것이다. 그러니까 당신이 열리지 않은 문을 두드리며 보냈던 시간이 결코 무의미하지 않다고, 하마터면 불쑥 일어서서 그 앳된 얼굴에 갑작스러운 위로를 전할 뻔했다.

# 사과 받지 못한 일

고등학생 때 두 번의 따돌림을 겪었다. 열일곱에 한 번, 열여덟에 한 번. 학기 초에는 주변에 친구들이 북적북적했지만 시간이 흐르자 하나둘 곁을 떠났고 함께 하던 무리로부터 이유 없는 미움을 받았다. 아니, 어설프게 혹은 교묘하게 만들어진 이유로 미움을 받아야 했다.

초중 때와 마찬가지로 고등학교 역시 쌍둥이인 언니와 함께 진학했기에 수업 시간에 시시콜콜한 쪽지를 주고받을 친구는 없었어도 등하굣길이 외롭지 않았다. 학기가 바뀌고 미움의 형태가 조금씩 분명해지지자 이를 악물었던 내게도 조금씩 마음의 병이 찾아오기 시작했다. 괴로움과 비애가 극에 다랐을 즈음, 견고하게만 보이던 그들의 우정에도 균열이 생기기 시작했다. 시기 어린 미움의 화살은 이제 내가 아닌 다른 곳을 향해 달려갔고 학년이 마무리되어갈 때 그들은 다시 아무렇지도 않은 얼굴로 나에게 다가왔다. 나 역시 그들을 아무렇지 않은 듯 대했다. 그들이 내게 행했던 언행을 잊은 건 아니었다. 달리 대처할 방법이 없었다. 열을 내며 받아칠 만한 에너지가 남아있지 않았다. 그들에게는 미움조차 아끼고 싶었다. 오늘이 어제가 되고, 멀어져 먼 과거가 되기만을 바랐다.

시간이 흘러, 교복과 종소리, 실내화와 칠판은 정말 과거의 조각이 되었다. 조금도 따뜻하거나 활기차지 않은 서늘하기만

한 기억의 조각들. 네모반듯한 공간에서 모서리에 찔리듯 나를 괴롭게 하던 신경전도, 진저리나던 얼굴들도 가물가물해졌다고 생각했다. 내게 다정한 마음을 주는 사람들 속에서 그 시절의 상처는 이제 완전히 아물었다고 믿었다.

우연히 버스에서 너와 마주쳤을 때, 내 생각이 틀렸다는 걸 알았다. 나를 향해 반갑게 웃으며 잘 지냈냐고 묻는 여전히 가벼운 네 목소리는 다시금 나를 그 시절, 차가운 교실 속에 밀어놓기 충분했다. 그러나 이제 더는 침묵할 수 없었다.

다 지난 일이라며 다른 이들의 이름을 대며 회피하는 너를 보면서 너는 겨우 네가 된 것이냐고, 묻고 싶었지만 너는 서둘러 내려버렸다. 그때 너도 조금은 알았을

까. 시선을 땅에 둔 채 도망치듯 걷는 심
정을.

간밤에는 꿈을 꾸었다. 해맑은 얼굴로
나를 찾아와서 왜 우리와 함께하던 이야기
는 쓰지 않느냐고 묻던 애. 무리 중 가장 아
픈 상처를 주었던 아이였다. 거짓말과 이
간질로 나를 말려가던 그 애를 붙잡고 처
음으로 소리쳤다.

"오래된 일을 붙들고 있는 건
  내가 아니야.
  나를 온전히 놔주지 않는 건 너희야.
  사과 없는 너희를 용서할 수 없어.
  시간에 숨어서 왜 잊지 못했느냐고
  묻지 마."

매듭지어지지 않은 일의 책임은 잊지
못한 사람에게 있는 게 아니다. 여전히 매
듭짓지 않은 사람에게 있다.

## 2등 밖에서

어느 일에도 정상에 올라본 적이 없다. 사람들 틈에 껴서 올랐던 산에서도 정상에 박힌 비석을 만져본 일이 없다. 산 동산에서 터져 나온 성급한 환호만으로도 충분하다고 느꼈다. 정상에 부는 바람은 동산에서도 불었으니까.

1등을 해본 적도 없다. 다만 차석, 2등의 자리에는 꽤 서봤다. 아쉬운 마음이야 있었지만 흔한 괴담에서 나오는 것처럼 결코 트라우마를 가져본 적은 없다. 고개를 돌려 마주했던 1등들의 모습은 닮고 싶거나 빼앗고 싶은 것은 아니었다.

버티거나 내려오는 일 외엔 남은 것이

없다는 사실이 불안한 미소를 짓게 한다는 걸 알았다. 한 번쯤은 많은 이들 앞에서 이름이 호명되고 단상에 올라가 트로피를 거머쥐는 기쁨을 느껴보고 싶었지만, 그 다음 학기에 호명되지 못한다고 하여 고개를 푹 숙인 채 송구스러운 마음으로 종례 시간을 보내고 싶지 않았다.

수석과 차석만이 아니라, 그 바깥에도 오르기 위한 싸움이 있다. 정상이 까마득하기만 한 자리에서도 거친 숨을 내쉬며 걸음을 옮기는 것처럼, 비록 1등도 2등도 어렵더라도 조금 더 해보기로 순전히 열심을 다하는 것은 먼 곳에 있는 이들만의 특권인지도 모른다.

돌아보면 나 역시 1등과는 괜히 서먹했다. 잘하고 싶은 마음이 때로는 엇나가

기도 했다. 자유하기보다는 매여 있는 시절이 길었다. 진정 자유함으로 공부를 즐거웠던 건 2등 밖에서였다. 일렬로 줄 세워진 자리에서 앞 친구의 뒷통수를 노려보지 않을 수 있었고 함께 머리를 맞대며 성장할 수 있었다. 모두의 박수를 받지는 못했어도 서로를 진심으로 축하할 수 있었다.

그렇지만 여전히 때때로 정상에 서고 싶어진다. 이제는 2등의 자리도 어려워졌지만 1이라는 숫자가 탐이 나곤 한다. 그 어느 자리도 나만의 것이 될 수 없듯이 단 하나의 자리, 정상 또한 누구든지 앉을 수 있다는 것을 알게 됐으니까. 2등 밖에 있는 나와 당신도 언젠가는 정상에 도착하여 외쳐볼 수 있지 않을까, 야호.

# 유학생

　가끔은 차라리 유학생이었으면 싶을
때가 있었다. 나란히 걷던 이들이 조금씩
틈을 주지 않는듯한 기분이 착각이 아니라
는 걸 알아차렸을 때가 그랬다. 더는 쉽게
웃어 넘길 수 없는 농담과 나만 알지 못하
는 비밀스러운 싸인이 늘었을 때 나는 이
모든 말들이 차라리 이방의 언어이기를
바랐다. 내가 그들과 깊이 섞일 수 없는 건
다름 아닌 내가 이방인이기 때문이기 때문
이길 바랐다. 그편이 덜 아플 것 같았다.

　어른이 되어서도 여전히 파란 눈에 금
발 머리를 한 유학생이 되는 상상을 한다.

교복을 벗고도 무리 지어 다니는 못된 습관을 버리지 못한 이들 사이를 부유하는 건 나에게 지독한 잘못이 있기 때문이 아니라고. 다만 서로를 이해할 수 없을 만큼 먼 세계에서 성장해왔기 때문이라고. 내게도 고향이라는 곳이 있고 그곳에서 누구보다도 다정한 사람들이 나를 기다리고 있다고. 이런 바보 같은 최면들은 놀랍게도 복잡한 감정이 뒤얽힌 세상을 버틸 힘이 되어준다.

# 언어를 배우자

좁은 간격을 두고 여러 나라를 다녔던 적이 있다. 동남아부터 유럽, 아시아까지. 영어도 유창하지 못한 내게 그보다 더 낯선 이방의 언어에는 배움의 열의조차 느끼지 못했다. 여행 필수 어휘 단어장과 번역 어플을 준비하긴 했지만 주요 관광지에는 여행객을 위한 책자나 한국어로 간단한 소통이 가능한 상인들이 많았다. 주머니에 넣어둔 단어장을 펼칠 일은 없을 것만 같았다.

그러나 여행에는 늘 변수가 있는 법. 이방의 언어가 필요할 때는 반드시 찾아온다. 예상하지 못한 상황과 낯선 전개를 통해서.

　사소한 오해가 가져온 크고 작은 위기를 모면하기 위해서 단어장을 펼쳐서 더듬더듬 말을 이어갔다. 어눌하게나마 이야기를 전하던 나에게 고개를 끄덕이던 환하게 웃던 얼굴에 안도하기도 잠시, 그들의 입에서 흘러나오던 구부러진 말들에 머리가 새하얘졌다. 손짓으로 천천히 이야기해 줄 것을 부탁했지만 마찬가지였다. 느리게 들린다고 해서 낯선 언어를 해석할 수 있는 것은 아니었다.

　결국 도움을 주겠다며 열심히 설명하던 선량한 이들에게 어색한 미소와 가벼운 목례를 전하며 돌아서야 했다. 여행을 할 때마다 주문을 할 때 길을 잃었을 때 어떻게 말해야 하는지만 생각했지, 들을 줄 알아야 한다는 것을 까맣게 잊고 있었다.

그리하여 다시 다짐한다. 언어를 배우자. 언어를 배워야 하는 이유는 잘 뱉기보다 잘 듣기 위해서라는 것을 잊지 않겠다. 더듬더듬 전하는 말들도 돌아오는 대답을 이해할 수 없다면 소용없는 일. 들어야만 제대로 전할 수 있다. 그때야 비로소 우리의 대화는 시작될 거다.

# 별을 보지 못하는 이유

"요즘 사람들이 별을 보지 못하는 이유는
첫째로 미세먼지야.
둘째는 밤늦도록 꺼지지 않는 작은 불빛.
마지막으로, 별을 보려는 사람이 없어.
매일 앞만 보고 달리느라
잠깐이라도 허리를 펴고
고개를 들 여유가 없는 거야.
별은 그대로 있는데."

새로운 이야기가 아니더라도 아빠의
입에서 흘러나오면 특별해진다. 어릴 적부
터 아빠가 해주던 이야기는 내게 문장이
됐다. 밥상머리에서 나누는 흔한 대화에서

부터 혼이 나며 듣던 꾸중까지.

사실 나는 달이나 별, 반짝거리고 크고
아름다운 것에 남들처럼 큰 관심이나 애정
이 없다. 그런데도 이따금씩은 여유나 위
안의 또 다른 이름으로 찾게 될 것 같다.
아빠가 했던 말처럼, 늘 그 자리에 있는데
잊었던 것들에 하나둘 다시 마음을 두고
싶어졌다.

# 어느 일기

한 늙은 남자가 자신보다 어린 한 남자에게 뺨을 맞는 걸 봤다. 아니, 들었다. 찰싹, 거리는 소리가 아니었다. 분명 처음 듣는 날카롭고 무서운 굉음이었다. 늙은 남자와 그보다 어린 남자. 잘못은 누구에게 있는 걸까. 생각해 볼 겨를 없이 서글퍼졌다. '다 늙은 사람에게도 새로운 트라우마가 생길 수 있다.' 더운 바람이 이는 지하철 플랫폼에 서서 생각했다.

세상은 이토록 날이 섰고 갈수록 메말라가는데 내 마음 하나 여전히 축축하다는 게 무슨 의미가 있을까. 마음이 축 늘어지는 하루였다.

# 하얀 도화지는 싫어요

하얀 도화지로 남겨두고 싶지 않아요.
빼곡하게 채워진 그림 위에
다시 하얗게 색을 할 수는 있어도
아무 선도 그어보지 못 한 채
새하얀 종이로 남겨두는 것은
인생에 대한 제 태도와는 먼 것 같아요.

비록 실패하고 망한 그림처럼 보일지라도
시간이 흐르고 세상이 달라진다면
꽤 괜찮은 그림이 될지도 모르잖아요.

못생긴 점과 선들이 모여

마침내 그려낼 세상,

단 하나의 명작을 기대하며

펜을 쥐고 달릴 거예요, 멈춤 없이.

## 배웅의 온도


한때 헤어질 때면 막대사탕을 건네곤 했다. 아이같은 얼굴을 하고서 말했다. 돌아가는 당신의 걸음까지 즐거웠으면 좋겠다, 고. 오래 지속되지 못했던 챙김이 진정 상대방의 혀끝에 달콤한 배웅을 전하기 위한 것이었는지, 돌아가는 길까지도 나를 기억해 달라는 유치한 계산이 앞선 것이었는지는 모르겠다. 다만, 한가지 분명한 것은 가벼운 행동들은 늘 오래가지 못했다는 것이다.


내게는 헤어질 때마다 작은 엽서를 건네는 이가 있다. 가지런한 글씨에는 바위

처럼 단단한 애정 외에는 어떠한 계산도 없다. 문장 끝마다 '애라, 너는', '애라, 네가' 라며 나를 잊지 말라는 듯 지긋이 이름을 부르는 목소리에는 이내 녹아 사라질 달콤함이 아니라 진득하게 남을 담백함이 있다.

긴 대화를 마치고 난 후에도 여전히 나눌 대화와 삶을 기대하게 하는 배웅, 그 온도에 조금씩 마음에 데워지는 중이다.

## 조금만 더 힘들게 살게요

일평생 한 직장에서 청춘을 다했던 아버지가 중국에서 인생의 제2 막을 연 지 겨우 2년이 조금 넘었을 무렵, 타국에서 아버지를 만날 때마다 안개처럼 희미하게 느껴지는 것이 있었다. 아무리 손을 뻗어도 결코 만질 수 없는 당신의 지난 세월, 언제까지고 함께할 거라 믿었으나 저만치 멀어져 간 삶의 조각들. 그 끝에는 짙은 그리움 혹은 서글픔이 달려 있어서 애써 경쾌한 목소리를 내곤 했다.

사람에 지치고 쓰는 일에 지쳐서 도망치듯 떠나온 중국에서 작은방을 하나 빌렸다. 빈 방에 짐을 풀고 늘어져 있다가 아버지를 따라나선 오래된 시장은 냉방이 시원하지 않았다. 유난히 더위를 못 견디는 아버지는 땀을 뻘뻘 흘리시며 한숨처럼 말을 뱉으셨다.

"그동안 아빠가 한국에서 너무 편하게 지냈어."

얼마간 침묵했다가 작은 목소리로, "나도." 라고 답했지만 나는 안다. 30년간 이른 새벽에 일어나 출근해서 잦은 야근을 견디며 부지런히 살아온 당신이었음을. 이제는 연고 없는 타국에서 신출내기가 되어 매일 예측할 수 없는 시험 치르고 있는 당신이 대중없는 식사와 해석할 수 없는 이방 언어 사이에서 얼마나 많은 것을 내려 놓고 있는지 미처 헤아릴 수도 없지만

잠들기 전 기도하듯 눈을 감고 감히 만질
수 없는 그늘의 시간을 가늠해 보았다. 쉽
게 편하게 살아온 것은 나였다. 당신의 그
늘 아래에서.

가게 앞 아버지가 심어둔 상추를 따던
어제까지는 몰랐다. 거실에 있던 중앙에
있던 큰 나무가 소리 없이 사라졌다는 것
과 선반 위 수경식물이 말라가고 있다는
것을. 어릴 적에 함께 살던 오래된 아파트
의 작은 베란다에 등을 굽히고 들어가 하
루에도 몇 번씩 물과 눈길을 주던 당신이
었는데, 이제는 모든 게 피로해졌다는 그
말이 투정이 아니었음을 실감했다.
    사람이 가장 많이 붐비는 점심 장사와
저녁 장사를 피해 원고를 쓰겠다며 혼자서
집으로 올라와버린 거울 속의 내가 부끄러

웠다. 대수처럼 여겼던 핑계와 힘들다는 입버릇이 한없이 가볍게 느껴졌다. 끊긴 문장을 잇다 말고 노트북을 밀어두었다. 대신 어제와 같고 그제와 변함없는 집안 구석구석을 쓸고 닦았다. 말라버린 화분에 물을 부으며 다짐했다.

앞으로는 당신보다 조금만 더 힘들게 살겠다고. 당신이 조금은 덜 힘들게 지냈으면 좋겠다고.

# 기다리는 사람

"글을 쓰며 가장 먼저 해야 하는 일은
읽어줄 누군가를 기다리는 일이라
끝이 나도 끝이 아닌 것 같아.
가만히 쉬지 못하고 계속 쓰게 돼.
아무것도 안 하고 기다릴 수는 없잖아."

기다리는 사람이라는 자각은
우연한 대화로부터 시작되었다.
카페에 앉아 친구를 기다리며
습관처럼 노트를 펼쳐서
무언가 쓰고 있던 나에게
글도 쉬어가며 쓰라며,
애정어린 걱정을 보태던 이에게

나도 모르게 툭, 진심이 튀어나왔다.


탈고 후에도 며칠간 같은 자리에
하얀 새벽을 보냈다.
몽롱한 상태가 지속됐고
영감은 쉽게 찾아오지 않았다.
그럼에도 불구하고
하얀 모니터를 거울로 삼아서
고집스럽게 자리를 지켰던 이유를 알았다.


책을 쓰며 살아가는 이의 몫은
하염없이 기다리는 일이다.
정해진 시간에 일어나 말끔히 차려입고
자리를 지키며 착실히 쓴다고 해서
정해진 부수의 책이 팔리지 않는다.
온종일 책을 짊어지고 이곳저곳 다녀도
흘린 땀만큼 삶이 가뿐해지지 않는다.

다만 거짓말처럼 닿게 될
그곳의 당신을 기다리는 일이다.


땀과 눈물범벅으로 쓰는 일만이
내가 할 수 있는 일의 전부이지만
다음은, 당신이 나를 펼쳐주기를
소원하며 기다리는 일이지만
선물처럼 닿은 그 시선의 기쁨이
너무도 커서 잠자코 있을 수 없다.
더 깊게 닿을 수 있도록
깨끗하게 입안을 게워내고
노트를 펼친다.


새 문장이 찾아오기를 기다리며
지금, 어디선가 나를 읽고 있을
당신을 그려보며.

# 히든 페이지

## The Hidden page

수많은 이야기가 역류하는 세계.
진심 없는 노이즈를 줄이면
세계는 다시 고요해진다.
매일의 삶 속에서 우리가 마주하는
숱한 사람들과 끊임 없는 대화
그 가운데 픽션이 아닌
진실의 무게는 얼마나 될까.

고요한 세계 속에 영원처럼 남겨질
독백을 뱉듯이 고백하는 글,
논픽션(Nonfiction)의 글을 모아
고백집이라 이름지었다.

긴 작업을 끝내거나, 시작할때마다
내가 치르는, 나나의 습관은—

1 열손가락, 발가락 하나를
  까딱 까딱 움직이는 일.

2 뜨거운 물에—방석된 몸을 풀리고
  몸을 때를 벗기는 일.

3 비죽거리는 낯술을 생략하고
  밋밋밋한 이마칼을 벗어나는 일.

그렇게 지나온 작업들을 돌어내고
쓸쓸하고 아득하였던, 감정들이 씻기릴까, 어쩌
다시, 처음의 마음으로 책상에 다시 앉았다.
자, 무얼 만들어가볼까.

아직이 아니라, 우리는 여전히 나나가요.
그새 ——— 참.

"
그냥, 다른 사람들이 어떤 이야기로 자신의
관계 없어—. 우리가 각자의 작업들에
내가 나는것에 자신이 있고 특전이 있는게
그게 다 우순 소용이야. 흔들리는게 어떤그
흔흔 둔으면 또 어때—. 욕되가 아니라
누더에게는 방향이 중요하니, 그게 일요한
—앉아요. 지금. 우리가 내일일을 위하는 오늘이 아니라
눈눈의 우리가 생목한 오늘을 내년언수 내일을 기대자겼요.
그래서 나눈요, 원건이 않는 우리라좋아. "
이서 취버든게 않다면 원하요. 다음에도 있는거
흥에 오려 취기든것을, 멀극, 취기던것을.

언젠가, 무언가 깨진 것들으로
서로를 대역 한다면

다른 말은 필요 없는거니까,

괜─찮았다, 네가 오른 것을 라
너의 그 사랑들을 축복하니 ──

얼마나 많이 부러지기도 했는지
얼마나 많이 멀어져 가 있는지
'괜 - 찮았다, 너의 걸음들 모두를 축복해.

── 가장 비겁하게 스며, 여기를 흘린 채
(2017, 12월)   2억, 끼를 말하늘 ──〉

그럼에도, 그 운장은 다시 새롭게 빛을 위리양아
새롭게 넘겨내안 것들이, 버겁고 두려워도—,
그 가운에 발을 딛고선 나는, 그대로 면출없으니.
이렇듯, 운장은신비롭다, 칠흐의기록과이여
이관의 되그의 흔기는 잊어버긴제 —— 다시,새로운 흪은군의

—— 서두가길었다, 나는 다시 떠난다.
익숙한 틀에 안기기 위해서, 힘을 쓰인다.

나나 선혜 란게 없는 일이란 없다.
세게에는 일어나지 않았다(으)나라서
영영 — 나와는, 나의 세계에는
일어나지 않을 사건은 아니다.
네가 나온, 그 시대에 없었던 것으로,
네가 그 자리에 있지 않았을 뿐.
  그들이 그렇게 아팠고 죽을했다면
나였어 — 어쩌면 그랬을 수도 있었고
그럴 수도 있을지 모른다.
  그러니까, 남은 아니라는 —
  그러니까 눈감고, 외면지 말자.

2018. 05. 20 12:52
am

2011.04.20 금

2011.09.23(E)

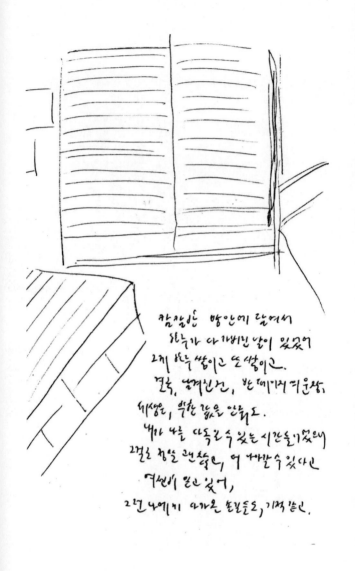

참찹쌀밥 밤안에 담겨서
하늘가 다가버린 밤이 있었어
그게 하늘 쌓이고 또 쌓이고.
겨울, 봄여름건, 밤메에서 거운생
비생은, 무한 없을 인류도.
내가 나를 다독고 수 있는 시간들기있더
그걸로 참을 괜찮은, 더 자랄수 있다면
여선비 묻고 싶어,
그간 내에게 다가온 숱날들로, 기꺼 늗신.

epilogue

고요한 세계에 울리는 소리

불 꺼진 무대 위에
홀로 오른 백업댄서의 독무와
아무도 모르게 스쳐가던
엑스트라의 혼잣말.

고요함 속에서 남겨진
그들의 독무와 독백이
아름다운 이유는,
그 어떤 노이즈도 없이
오롯이 존재하기이다.

드라마를 볼 때면 주인공보단 주인공 친구의 짝사랑을 응원했고 반짝거리는 보이그룹에서는 가장 말수가 적고 맨 가장자리에 선 멤버를 좋아했다. 그건 아마도 가장자리로만 걷던 사춘기 시절의 나와 비슷한 조각을 가지고 있는 게 그들이라는 생각 때문이었을 거다.

시간이 흐르고 돌아보니 주인공의 친구, 보이그룹의 한 멤버 정도는 될 줄 알았던 내가 사실은 지나가는 행인 3정도에 불과할지도 모른다는 생각이 든다. 이따금 그윽하게 다가오는 시선을 느끼며 도도하게 걸음을 옮기던 나였지만, 이제는 희미해져가는 환호 소리를 들으며 움직이는 백업댄서는 아닐까 하는 생각이 불현듯이 찾아온다. 하지만 엑스트라이면 어떻고 백업댄서이면 어떤가. 촬영지를 떠난 엑스

트라와 무대를 내려온 백업댄서의 삶은 결코, 누군가의 뒤에서 흘러가지 않는데 말이다. 앵글에 가득 담기지 않는데도, 무 몸으로 스포트라이트를 받지 못한다 해도 그들의 움직임은 그 자체로 충만하며 아름 다운데 말이다.

이 이야기는 마음속에서만 웅얼거리다 그 누구의 시선도 없이 사라져 버릴 수도 있었다. 아무도 듣지 못한 엑스트라의 혼 잣말, 불 꺼진 무대 위에서 시작되는 백댄 서의 독무로 그칠 수 있었다. 그러나 곁에 서 가만히 귀 기울여주는 사람들로 인해 한 페이지가 두 페이지가 되며 여기까지 올 수 있었다.

누군가에게는 여전히 대체가능한 엑스 트라에 불과할지도 모르겠다. 그러나 나는 내 삶이란 영화 속의 유일한 화자이다. 바람 잘날 없는 삶이 남겨둔 내레이션을 담았다. 이 책의 마지막 내레이션이 당신의 귓가에 머물 때 나는 당신에게 한 가지 제안하고 싶다.

이리저리 치이는 그 어떤 순간에도
당신을 삶의 엑스트라로 두지 않을 것.
눈물처럼 쏟아지는 허공의 혼잣말을
주어다 어딘가 기록해둘 것.

　　이것만이 위태롭게 달려온 당신의 삶에 대한 증명이자 위로가 되어줄 거다.

새계절에서, 당신의 가랑비

허공에 흩어졌던 긴 독백의 끝,

대화의 시작이 되어준 당신에게